CB039082

Curvas

na Arquitetura Brasileira

Aquiles Nícolas Kílaris

Volume II

Ciranda Cultural

Curvas
na Arquitetura Brasileira

Aquiles Nícolas Kílaris

Volume II

Dados Internacionais de Catalogação na Publicação (CIP)
(Câmara Brasileira do Livro, SP, Brasil)

Kílaris, Aquiles Nícolas
Curvas na arquitetura brasileira, volume II / Aquiles Nícolas Kílaris. -- Barueri : Ciranda Cultural, 2014.

Bibliografia.
ISBN 978-85-380-5799-4

1. Arquitetura - Brasil 2. Fotografia de arquitetura 3. Kílaris, Aquiles Nícolas 4. Urbanismo - Brasil I. Título.

14-00789 CDD-720.981

Índices para catálogo sistemático:

1. Arquitetura moderna : Brasil 720.981
2. Brasil : Arquitetura moderna 720.981

"Privilegiando o conforto e a estética para atingir o máximo de bem--estar, Aquiles Nícolas Kílaris traduz em seus projetos conceitos como humanização, tecnologia e funcionalidade. Tudo alinhado com a estética de uma arquitetura contemporânea. Quando cria, a entrega é total, e o desafio de ir além do novo é algo constante em sua trajetória de vida.

Formado em Arquitetura e Urbanismo pela Pontifícia Universidade Católica de Campinas, seus projetos refletem talento e exclusividade. Suas obras podem ser vistas por todo este Brasil plural e, também, em países como África do Sul e Argentina, fazendo notar-se por edificações repletas de curvas – sua marca registrada.

Ao virar as próximas páginas, você, leitor, contemplará projetos arquitetônicos das mais diversas áreas. Porém, de uma forma surpreendente, no melhor formato que um estilo pode se apresentar: atemporal."

Jorge Paulinetti

Jornalista especializado nos segmentos de arquitetura, decoração e design

Sumário

A noite me inspira. Quando a casa está em silêncio, as crianças e a Iara dormem tranquilamente e o barulho na rua é quase imperceptível, sinto-me pleno para criar. Distante da correria diária no escritório – onde o telefone e o Skype não param de tocar e os assuntos administrativos me consomem –, a madrugada, em meu home office, é muito produtiva. As soluções e o traçado de cada projeto afloram em minha mente e se materializam. Não sei explicar como isso acontece, mas assim é meu processo criativo.

Este é um momento feliz e solitário de criação. Consigo ver com clareza as peculiaridades de cada imóvel, de cada cliente. Com o auxílio de todos os recursos tecnológicos que o mundo contemporâneo oferece, faço meus registros, meu traço livre e participo do desenvolvimento do projeto, de sua concepção até a execução.

Foi numa destas madrugadas que o projeto deste segundo livro começou a nascer em minha cabeça. Eu estava contente com o resultado do primeiro *Curvas na Arquitetura Brasileira*, lançado em 2010. Ele vende bem e atende às necessidades daqueles que se interessam pelo assunto. Além desta publicação, coloquei todo o meu acervo pessoal em uma exposição itinerante pelo Brasil, para levar ao conhecimento do grande público o trabalho que desenvolvo. Aparentemente, minha missão estava cumprida, no que diz respeito a divulgar a arquitetura que valoriza as curvas e as formas orgânicas.

Porém, meu espírito inquieto ainda não estava satisfeito. Comecei a achar que minha

contribuição poderia ser maior. As lembranças dos tempos de universitário na PUC-Campinas, em que buscava avidamente novidades nos livros de arquitetura, ficavam cada vez mais fortes, e o desejo de compartilhar os conhecimentos que adquiri voltou a crescer em mim.

Com meu estilo de projetar cada vez mais difundido, novos projetos foram surgindo e sendo concluídos, permitindo assim um rico material que renderia mais um livro. Pensar no mestre Oscar Niemeyer, que passou a vida empenhado nessa missão, era o argumento que faltava para colocar em andamento esta nova publicação.

Por que não produzir outro livro, com novas obras, novo formato e um novo jeito de me comunicar? Um jeito mais pessoal, intimista e com a clara intenção de encantar e envolver o leitor nas curvas sinuosas que tanto me fascinam e estão presentes desde a capa até a última página deste projeto.

Dessa forma, nasceu o *Curvas na Arquitetura Brasileira – Volume II*. Ao longo das próximas páginas, será possível encontrar um mix do que fazemos diariamente no escritório. Projetos residenciais e comerciais pensados com exclusividade para as necessidades de cada cliente, a melhor forma de harmonizar arquitetura e decoração de interiores, e fotos, muitas fotos para ilustrar todo esse trabalho. Trabalho que começa de forma solitária em meu escritório e é finalizado com a ajuda de uma equipe comprometida, que ao meu lado tem a missão de tornar real o sonho das pessoas que nos procuram.

As curvas em minha vida

As perguntas são poderosas. São elas que fazem o mundo caminhar, impulsionam as pessoas para o novo e promovem a evolução. Foram meus questionamentos pessoais e as influências e experiências que recebi ao longo da vida que abriram os caminhos para que eu pudesse desenvolver um estilo próprio de projetar e que se transformou em minha marca registrada.

Em uma época em que a linha reta na arquitetura estava sendo muito valorizada, passei a observar as belas formas que nos rodeiam e a usá-las a meu favor no trabalho que desenvolvo. Percebi que o mundo está longe de ser um grande caixote estático. Niemeyer dizia que as belas curvas existentes na natureza são muito admiradas, bem como a forma irregular das montanhas, o movimento dos oceanos e a sinuosidade atraente do corpo humano. Se todas estas referências nos agradam, por que devemos morar ou trabalhar em edificações exclusivamente retas? Concordo com o mestre em gênero, número e grau!

Ele usou e abusou das curvas que deram origem a obras grandiosas como museus, prédios governamentais, sambódromos, parques e igrejas que levam sua assinatura inconfundível. Ao longo de meus anos de profissão, desenvolvi um estilo próprio e característico, tornando, assim, a arquitetura contemporânea das curvas acessível a todos, a qual pode ser aplicada em projetos de casas, edifícios e ambientes corporativos. O tamanho também não importa. Tenho projetos comerciais de 40 metros quadrados até casas com mais de 1.000 metros quadrados de área construída. O importante é atender à necessidade do cliente, com beleza e eficiência.

A cultura grega também teve uma influência definitiva em minha carreira. Quando eu ainda estudava Arquitetura na Pontifícia Universidade Católica de Campinas, meu pai, que nasceu na Grécia, me levou para conhecer seu país de origem. Entre as belíssimas paisagens naturais das ilhas e os deliciosos pratos de peixes e frutos do mar regados com o melhor azeite mediterrâneo que já provei, pude ver de perto toda a riqueza da arquitetura local.

Esta experiência me marcou profundamente. Fiquei encantado com as construções históricas, colunas, ruínas e monumentos. Por fim, essa viagem contribuiu imensamente para definir meu estilo, diferente daquele praticado no Brasil na década de 80.

Terminei a faculdade defendendo um pensamento muito pessoal: desenvolver uma arquitetura contemporânea acessível a todas as pessoas, funcional e bela como as formas da natureza. Com essa postura em mente, iniciei minhas atividades profissionais com liberdade e, por que não dizer, um certo toque de ousadia para a época. Comecei desenhando móveis, criando uma ampla linha de produtos, utilizando materiais como aço, vidro e tecido. Essa foi uma experiência riquíssima, que até hoje me acompanha. Em alguns de meus projetos, as bancadas, estantes, mesas, camas, duchas e armários levam minha assinatura. Meu primeiro grande contrato foi com o Banco do Estado de São Paulo (atual Santander). Minha tarefa era realizar um projeto de reforma interna para a agência na cidade de Americana – interior de São Paulo – adequando a relação arquitetura/bom atendimento, permitindo a implantação de uma nova estratégia econômica proposta pelo banco. O sucesso dessa empreitada fez com que eu partisse para a estrada. Percorri várias agências do banco localizadas em dezenas de cidades, e implementando minha arquitetura. Em 1992, iniciei uma série de trabalhos com a Goodyear do Brasil, participando de sua expansão e desenvolvendo projetos para alteração de layout, reformas e novas edificações da empresa.

Aos poucos fui construindo minha carreira, expandido meu escritório, aumentando minha equipe de colaboradores. O segmento de arquitetura está em constante evolução, sempre cheio de novidades e, apesar de minha base sólida, preciso estar aberto para as novas tendências e adequá-las ao meu estilo.

A preocupação com a sustentabilidade é uma das diversas novidades que invadiram o mercado nos últimos anos.

Atualmente, é impensável executar qualquer tipo de projeto sem levar em conta questões de economia de energia e uso de materiais que não agridam a natureza.

Grandes vãos de janela que permitem que a luminosidade natural invada o imóvel, ventilação cruzada, utilização de energia solar e uso de MDF são algumas possibilidades que usamos em nossos projetos e que podem ser conferidas ao longo das próximas páginas.

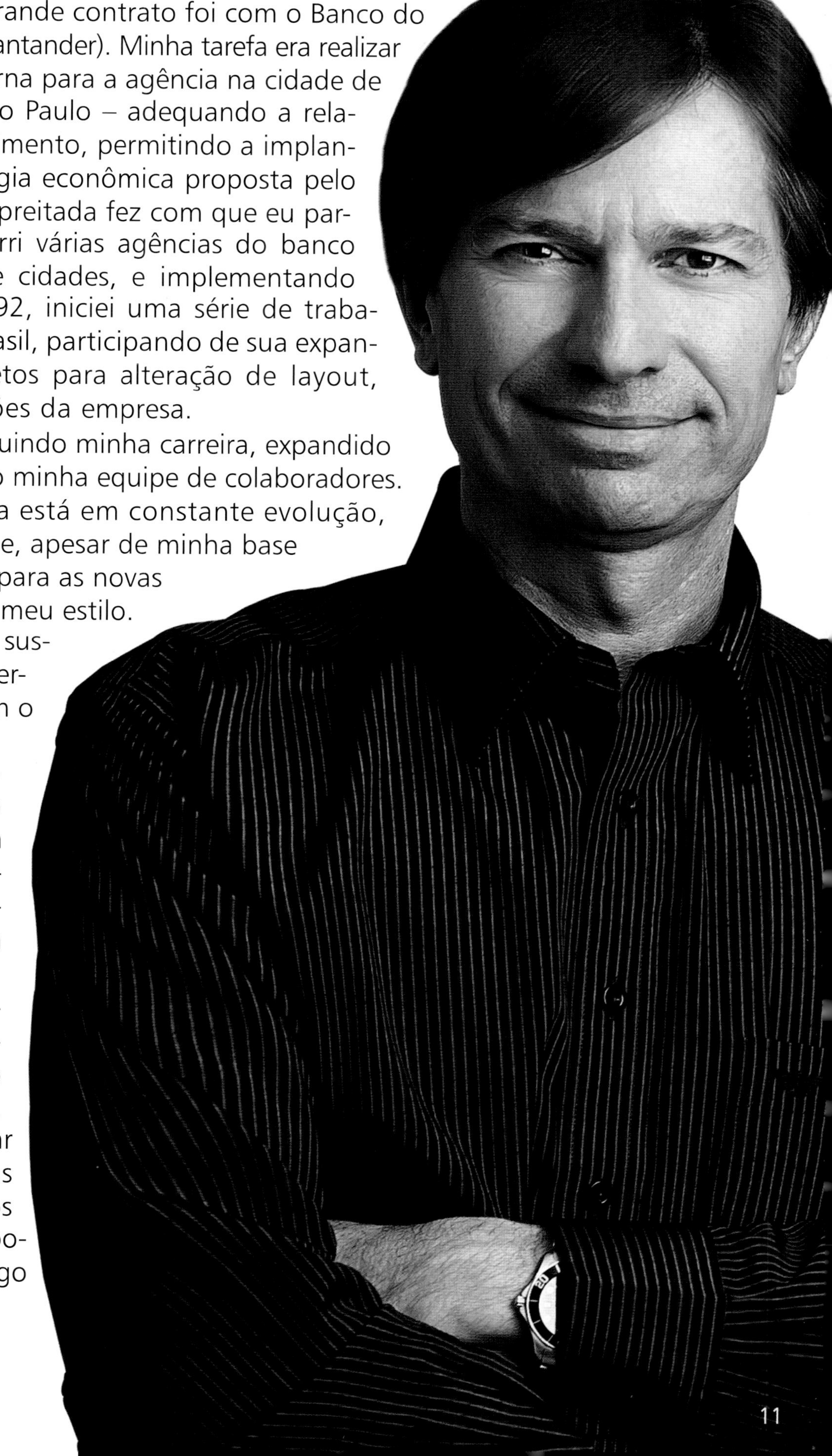

Ao longo de minha carreira, trabalhei com inúmeros profissionais, entre eles Iara, que começou a atuar muito cedo no escritório, executando tarefas administrativas. Rapidamente percebi em seu olhar uma avidez por desafios e um dom especial para trabalhos com decoração e liderança de grupo. Graças a seu esforço pessoal e muito estudo, ela se formou em Design de Interiores e Paisagismo e hoje exerce um papel fundamental no escritório, elaborando projetos que acompanham a qualidade da arquitetura que praticamos e coordenando as equipes de trabalho.

Apesar da rotina intensa no escritório, ela não descuida em nenhum momento de seu papel de esposa e mãe carinhosa de nossos dois filhos, Nícolas e Nicole. Em casa, como a "senhora Iara Kílaris", ela encontra tempo para cuidar pessoalmente de cada detalhe da vida doméstica, desde a roupa ideal para as crianças usarem até a preparação do prato perfeito para receber os amigos, já que é uma cozinheira de mão cheia.

Recentemente, assumiu também a organização das festas de aniversário inesquecíveis de Nícolas e Nicole. O resultado final é tão incrível que os convidados sentem-se realmente transportados para um mundo de magia proposto por ela. Tema, decoração, buffet e até algumas receitas de doces servidos nesses eventos em que reunimos nossos amigos levam a assinatura pessoal da Iara, que sabe ser multitarefa como ninguém. De onde vem a disposição para tantas atividades diferentes, não sei. Segredos da alma feminina.

Voltando ao escritório, foi graças ao talento e dinamismo dela que passamos a implementar novos serviços aos clientes, como decoração, paisagismo, arquitetura plena com administração de obras e decoração express. Na arquitetura plena, ela harmoniza projetos arquitetônicos e decoração, liberando os clientes de lidar com pedreiros, pintores, compra de materiais, pagamentos e tudo mais que envolve reformas e novas construções.

No caso da decoração express, em que não há grande mudança arquitetônica, Iara apresenta seus projetos, propondo algumas intervenções partindo dos elementos já existentes – na decoração, luminotécnica e paisagismo – e criando um novo visual ao imóvel.

Com isso, a casa ou o escritório ficam repaginados, sem a necessidade de grandes obras e quebradeiras, e com custo menor.

Nos dois casos, o cliente consegue visualizar seu projeto antes mesmo de ele ficar pronto, pois trabalhamos com maquetes em fotorrealismo. Algumas delas ilustram esta página, deixando clara sua riqueza de detalhes. A técnica permite o conhecimento visual completo da arquitetura final da casa e de como ficarão os espaços internos, dimensionamento de móveis e luminotécnica.

Iara já participou de inúmeras mostras de decoração, como por exemplo, Casa Cor Trio, Decor Interior, Limeira Decor, Expoflora, Campinas Decor e Casa Cor São Paulo.

Ela sempre me surpreende com sua versatilidade, o que me deixa muito orgulhoso. Recentemente deixou aflorar seu lado comunicativo – característica marcante de sua personalidade – assumindo a apresentação de programas de TV sobre arquitetura e decoração. É nesse espaço que ela tem a oportunidade de apresentar para o público em geral um pouco mais do nosso trabalho e as tendências e novidades do segmento em que atuamos.

Abrindo o leque de serviços e produtos, conseguimos expandir nossas fronteiras para diversos estados e também mercados internacionais, como Argentina e países da África. Para os negócios, essa expansão é ótima, mas requer um extremo cuidado de minha parte, pois em primeiro lugar está meu compromisso com a qualidade em tudo que faço. Nossa rotina é estafante, mas não me queixo de nada, pois me considero um privilegiado, já que ganho a vida fazendo o que mais gosto.

Projetos Residenciais

Considero minha casa um local sagrado. Nela, encontro a tranquilidade de que preciso para relaxar, a segurança necessária para educar meus filhos e o ambiente mais agradável a fim de receber as pessoas queridas em meus momentos de lazer.

A partir de minha bagagem pessoal e experiência de anos na profissão, eu me sinto muito à vontade para desenvolver a concepção de meus projetos, compreendendo e atendendo às necessidades de quem me procura. Cada vez que assino um projeto residencial, empresto a ele meus próprios valores pessoais. A fusão entre o que acredito ser o melhor e as particularidades de cada família é a base que sustenta cada um dos meus trabalhos.

Em cima desta base, crio o traçado dos muros, fachadas com curvas, grandes vãos de vidro, cobertura, paredes e, por fim, torno real o desejo daqueles que querem construir e morar na casa que sempre sonharam.

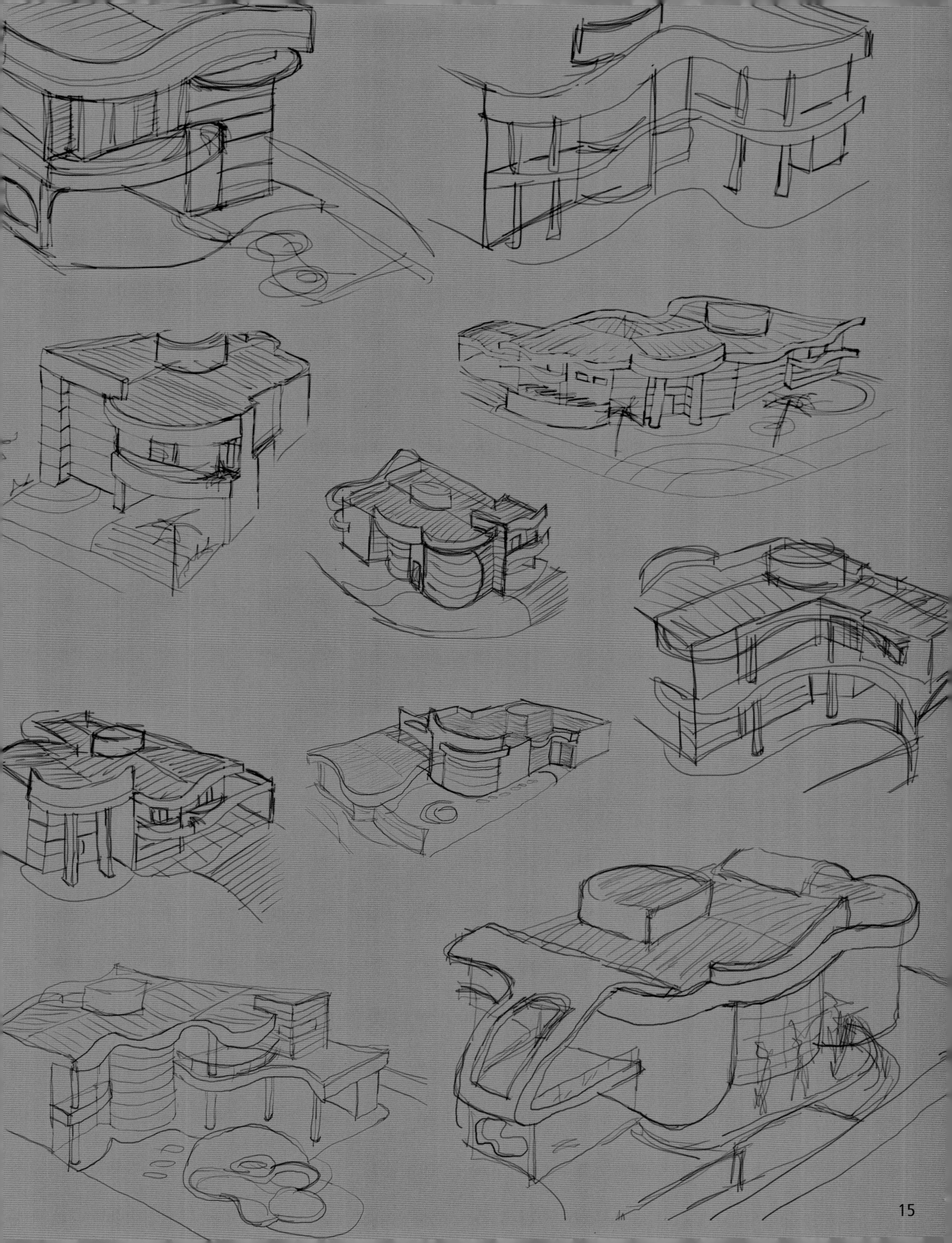

Casa da Serra

A paisagem da Serra da Cantareira sempre foi o ponto de partida para a construção deste imóvel sonhado por um casal de empresários de São Paulo. Com o contexto desse cenário, eles desejavam uma casa especial, bela e funcional. Durante a fase de projeto e a execução da obra, conheceram o trabalho de nosso escritório e decidiram entregar à minha equipe a tarefa de concretizar a edificação.

Localizada em um condomínio fechado na Serra da Cantareira, a casa tem 788,90 m^2 de área construída, em um terreno de 2.205 m^2. A área de lazer é um dos pontos altos do projeto, pois está completamente integrada com a paisagem ao redor. A piscina – desenhada em formato orgânico e com revestimento em pastilha de porcelana, com diversos tons de azul – foi complementada por uma queda d'água que sai da laje da varanda e reproduz neste projeto toda a beleza das cascatas encontradas na região.

O terreno tem um forte aclive e o posicionamento dos quartos, living, área de lazer e piscina está voltado para a deslumbrante paisagem da serra. Apesar do cenário verde e natural, a arquitetura tem um toque cosmopolita graças aos materiais utilizados e ao desenho da casa.

Ela foi concebida de forma integrada. Todos os ambientes da área social estão interligados, sem a presença de paredes. Os grandes vãos de vidro permitem de forma proposital que a natureza "invada" os ambientes internos. Exatamente por isso, a decoração *clean* pensada por Iara possibilita que o verde da mata e o azul da piscina sejam o cenário principal dentro da casa. Outro diferencial deste projeto é a construção de um anexo, onde instalamos uma sala de jogos e uma ala para os hóspedes.

Curvas no Neoclássico

Uma casa toda em estilo neoclássico puro, repleta de colunas, frontões, entablamentos e com decoração que acompanha a mesma tendência. Este era o desejo original dos proprietários desta residência – localizada em um condomínio da Região Metropolitana de Campinas – quando procuraram meu escritório.

Aos poucos, eles foram conhecendo melhor a forma como trabalho e permitiram que meu jeito de projetar fosse mesclado ao estilo inicialmente escolhido por eles. Com isso, a fachada neoclássica ganhou breves curvas e se transformou no cartão de visita para as inúmeras surpresas que o interior dessa residência nos reserva.

Com o desenrolar da obra, os clientes foram se familiarizando com meu estilo e permitiram que ele fosse empregado também na decoração e nos acabamentos de interiores contemporâneos. Coube a lara o desafio de manter a harmonia entre os estilos, desenvolvendo um projeto de interiores que funcionou como um contraponto ao estilo da arquitetura.

Construída em dois pavimentos, a residência atende às necessidades de um casal de empresários e seus dois filhos. Living, sala de jantar, cozinha e área de lazer estão interligados no pavimento térreo. A cozinha projetada de forma funcional e integrada favorece o convívio da família.

Graças à utilização de grandes vãos de janela, a área de lazer serve de cenário para a casa e pode ser vista de todos os ambientes, inclusive no andar superior. Além do espaço gourmet, com bancada de refeições, fogão, churrasqueira e forno de pizza, a casa possui uma bela piscina orgânica com bar aquático, spa com hidromassagem, pergolado com cascata e ducha com design exclusivo que leva minha assinatura – influência da época em que ainda estava começando minha carreira e desenhava várias peças.

150

150

THE POLAR EXPRESS

Casa Mercury

Terrenos com grandes desníveis muitas vezes tiram o sono dos arquitetos. Como projetar um imóvel cheio de escadas e com uma integração perfeita, mesmo nestas condições? Ao longo dos anos, desenvolvi, em meu escritório, uma fórmula especial que colocou fim a esse problema.

Recentemente lancei mão dessa fórmula no projeto desta residência, construída em um terreno com desnível de 6,60 metros, localizada em um condomínio fechado na cidade de Campinas. A solução mais adequada para esse caso foi subir o nível da casa em relação à rua. Com pé direito duplo, os ambientes foram distribuídos em cinco patamares diferentes.

No coração do imóvel, uma escada central é responsável por essa distribuição, marcada com meio pé direito a cada um dos níveis. Os espaços de convívio social, como sala de jantar, home theater, área de serviço, gourmet e piscina estão no mesmo patamar, sendo desnecessário o uso da escada para transitar entre eles.

Com isso, a casa ficou arejada, com poucas paredes, clara e com área de lazer integrada. O espaço gourmet recebeu forno, churrasqueira e fogão, mesas de refeição e bancada de apoio. Com decoração contemporânea, ele está perto da cozinha, facilitando, desta forma, o serviço e a circulação. Para manter o ar contemporâneo que o projeto exigia, Iara usou inox polido no revestimento da área gourmet, o que concebeu um diferencial ao espaço.

O spa e a piscina, construídos em concreto armado, foram projetados para receber o sol da manhã, com um canto sombreado no período da tarde. Por conta do desnível do terreno, construímos um muro de arrimo em frente à piscina. Esse elemento estrutural também faz parte da composição harmônica do projeto. Revestido com pedra filetada, ele acomoda uma bela cascata e na parte de cima foi projetado um deck para solário. Fim do dilema e das noites de insônia. Que venham mais terrenos com desníveis!

900

Deca

Casa das Águas

Água é sinônimo de vida, de renovação, pureza e tem lugar de destaque em meus projetos arquitetônicos. Com orientação do feng shui (técnica chinesa de harmonização e equilíbrio de ambientes), o elemento água e o movimento sinuoso que ele proporciona aparecem com força em meu estilo. Especificamente nesta casa, na Região Metropolitana de Campinas, a água norteou toda a proposta de trabalho. Logo na entrada principal, acima da porta de madeira pivotante, somos recebidos por uma viga aérea que nos remete à curva de um rio.

As águas também estão presentes desde a concepção do telhado com vários caimentos, passando pelo formato orgânico da piscina com a cascata que se desprende da laje, até as pequenas fontes que brotam da parede e alimentam o lago de carpas. Por estar localizado em um terreno de esquina com boas dimensões, todo esse complexo arquitetônico foi distribuído de forma imponente e harmônica.

O casal de empresários, com dois filhos pequenos, desejava uma casa integrada, ampla e com decoração contemporânea, também baseada no feng shui. Iara idealizou uma decoração clean, que interage de forma harmônica com o cenário externo zen do lago de carpas, através de grandes vãos de janela. Na cozinha contemporânea com elementos rústicos, o destaque é o balcão de refeições em madeira teca que pode ser movido para outros ambientes.

Na área de lazer, o estilo rústico se mistura ao contemporâneo e o revestimento de tijolinho à vista cria uma sensação de acolhimento, remetendo às lembranças de uma casa de campo. Para a tranquilidade dos adultos, escolhemos um cantinho do espaço gourmet para instalar uma colorida brinquedoteca onde a criançada pode se divertir sob os olhares atentos dos adultos.

IMPERADOR
CÓMODO

BRASTEMP

SAMSUNG

Muitas brincadeiras e diversão !!!

Refúgio da Mata

A escolha de um bom terreno é o primeiro passo para um belo projeto. Encontrá-lo dentro de um condomínio fechado tradicional, na região em que se deseja morar, tendo ao fundo uma belíssima mata é motivo de grande alegria para o comprador e inspiração para o arquiteto. Quando uma família de Valinhos me procurou dizendo que tinha adquirido um terreno com essas condições e desejava um projeto especial, comecei a pensar em soluções arquitetônicas que valorizassem essa "pedra preciosa".

Analisando a topografia do terreno pela primeira vez, notei seu grande desnível e imediatamente imaginei a piscina com borda infinita refletindo a mata ao fundo. A partir daí, projetei uma casa com pé direito duplo na área social e grandes vãos de vidro. Com isso, consegui trazer para todos os ambientes internos a visão do cenário natural que cerca o imóvel.

A casa – projetada para um casal e suas duas filhas adolescentes – foi construída na parte mais alta do terreno. No pavimento térreo, a área social ficou integrada e, no andar superior, a privacidade das três suítes foi preservada. Ao entrar na residência, somos recebidos pelo hall, living, sala de jantar, lavabo e um escritório que pode ser usado como quarto de hóspedes.

Todos esses ambientes estão voltados para uma grande área envidraçada. Sobre a mesa de jantar, projetei um rasgo na laje em forma de olho. Essa fenda possibilita àqueles que estão sentados à mesa uma visão inusitada do mezanino.

A sala de jantar dá acesso à cozinha, e é planejada com uma ilha de cocção ao centro e uma pequena mesa de refeições. Descendo dois degraus, está o home theater, concebido de forma integrada com o espaço gourmet, no mesmo corpo da casa. Fechando com chave de ouro este projeto, a decoração da Iara concebeu requinte e funcionalidade ao imóvel.

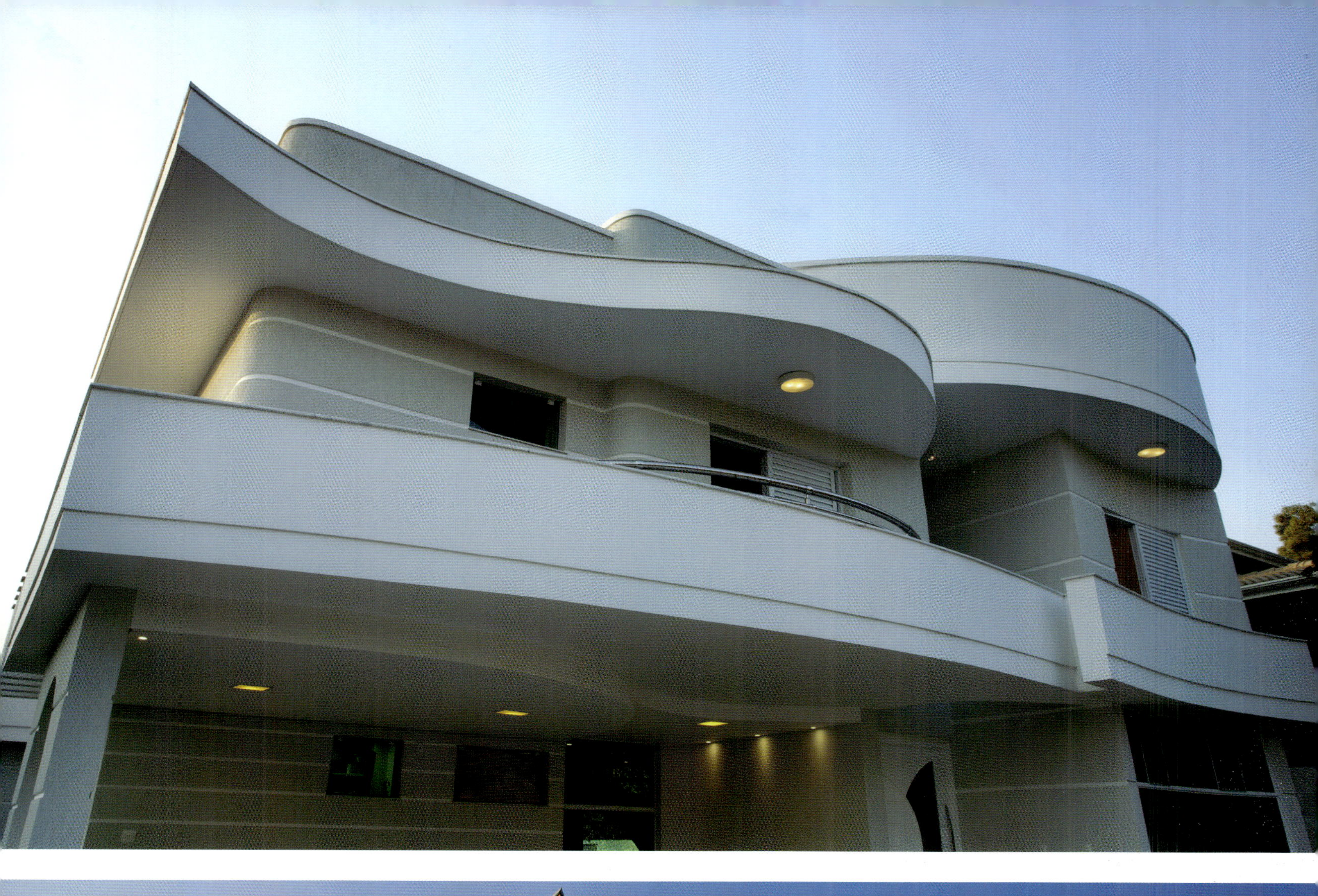

YORK

Arquitetura Corporativa

Belos projetos arquitetônicos, criados de forma cuidadosa e que privilegiam o bem-estar, deixaram de ser um privilégio apenas de grandes empresas. Pequenos e médios empresários começam a perceber a importância da arquitetura para alavancar seus negócios e atrair a atenção dos clientes pelo visual.

Minha experiência com o Banco do Estado de São Paulo (atual Santander) no começo da carreira foi muito importante nesse processo. Naquela ocasião, estudei profundamente a proposta econômica imposta pelo banco, que desejava agências bonitas e funcionais, nas quais a qualidade percebida pelo cliente resultava em captação de recursos.

Inúmeras são as vantagens de projetos profissionais criados com exclusividade para lojas em centros de comércio ou shoppings. A principal delas é a apresentação diferenciada desses ambientes em relação aos concorrentes que estão à sua volta.

Quando elaboramos um trabalho desse tipo, estudamos cuidadosamente o produto comercializado e a forma como ele será operacionalizado. A partir daí, escolhemos os revestimentos mais adequados, as cores apropriadas e os móveis necessários para seu melhor funcionamento. Desta forma conseguimos reunir a funcionalidade que o empresário necessita para o dia a dia do negócio com a harmonia e beleza que encantam o consumidor. Afinal de contas, a primeira impressão é a que fica.

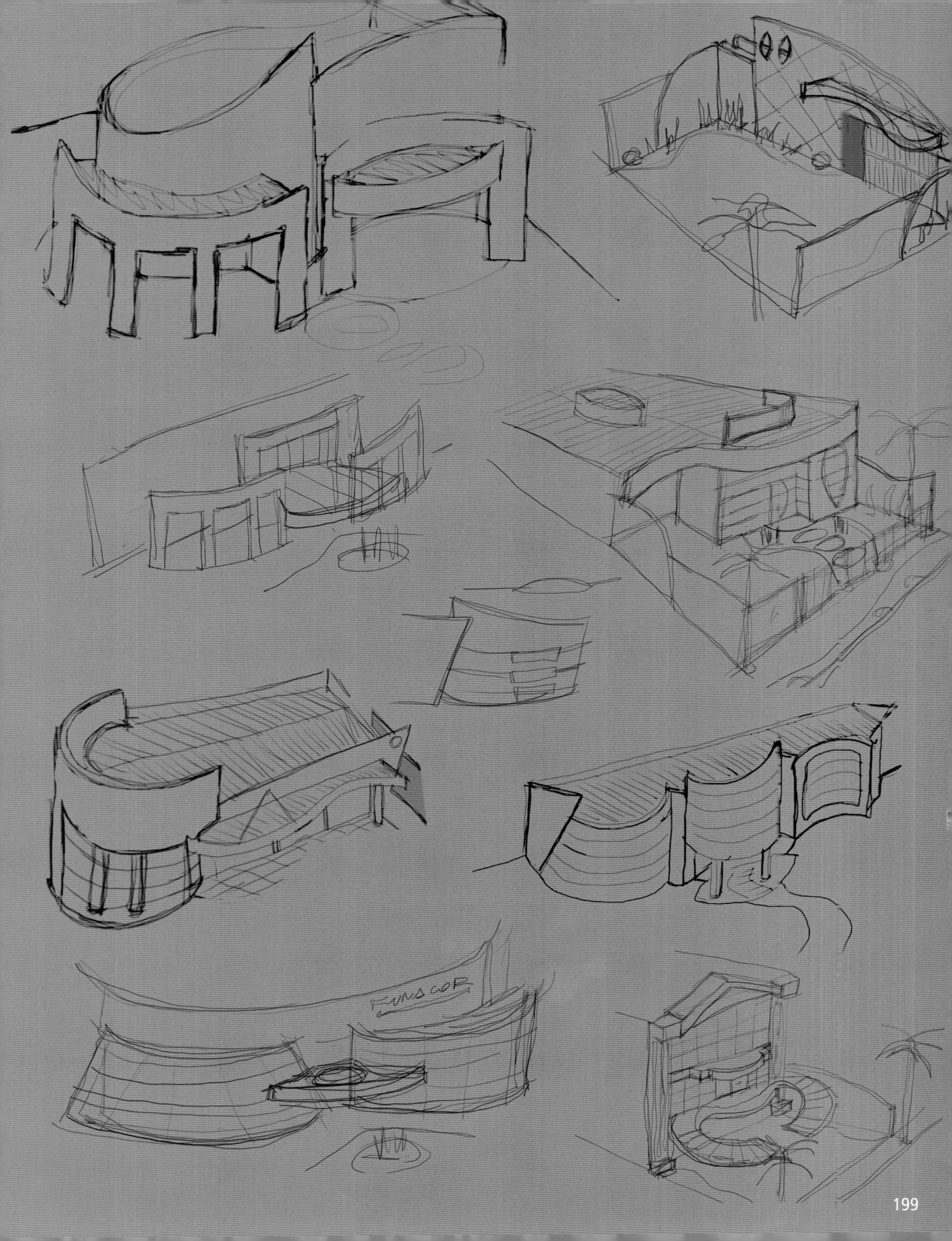
FUNACOR

Hotel

Nohotel

Em todos os projetos que desenvolvo, coloco um pouco de minhas experiências particulares e meu jeito de ver a vida. Na concepção do Nohotel, construído em Americana, interior de São Paulo e cidade onde nasci – próximo às principais rodovias da região –, comecei a trabalhar pensando em tudo que acho importante encontrar quando me hospedo em um hotel.

A partir das vivências pessoais nesse tipo de estabelecimento, criei um projeto mesclando o conforto que os quartos precisam ter para receber os hóspedes, o luxo e a beleza que conquistam ao primeiro olhar e a funcionalidade de um local pronto para receber eventos e convenções. Com essas diretrizes em mente, projetei um prédio de três andares, de fachada imponente – com formas curvas que concebem movimento ao prédio e grandes vãos de vidro –, a qual possibilita ao hóspede imaginar tudo o que o espera dentro do edifício, antes mesmo de entrar.

O hall de entrada, com duas colunas e pé direito altíssimo de 12,8 metros, permite a visão completa de todos os andares. As linhas curvas também estão presentes no traçado dos corredores dos pavimentos e nos guarda-corpos de inox.

As suítes e os banheiros foram pensados com dimensões confortáveis para atender aos hóspedes e acomodar seus pertences. O Nohotel possui 60 apartamentos, sala de ginástica, maleiro, restaurante e uma completa estrutura para realizar diversos eventos e convenções com atendimento especial para empresas, com salas que têm capacidade para até 150 pessoas.

NOHOTEL
555

555

OTEL
RESTAURANTE

NOHOTEL
555
RESTAURANTE

NOHOTEL
RESTAURANTE

NOHOTEL
555

NOHOTEL

NOHOTEL
555

NOHOTEL
premium

NOHOTEL
premium

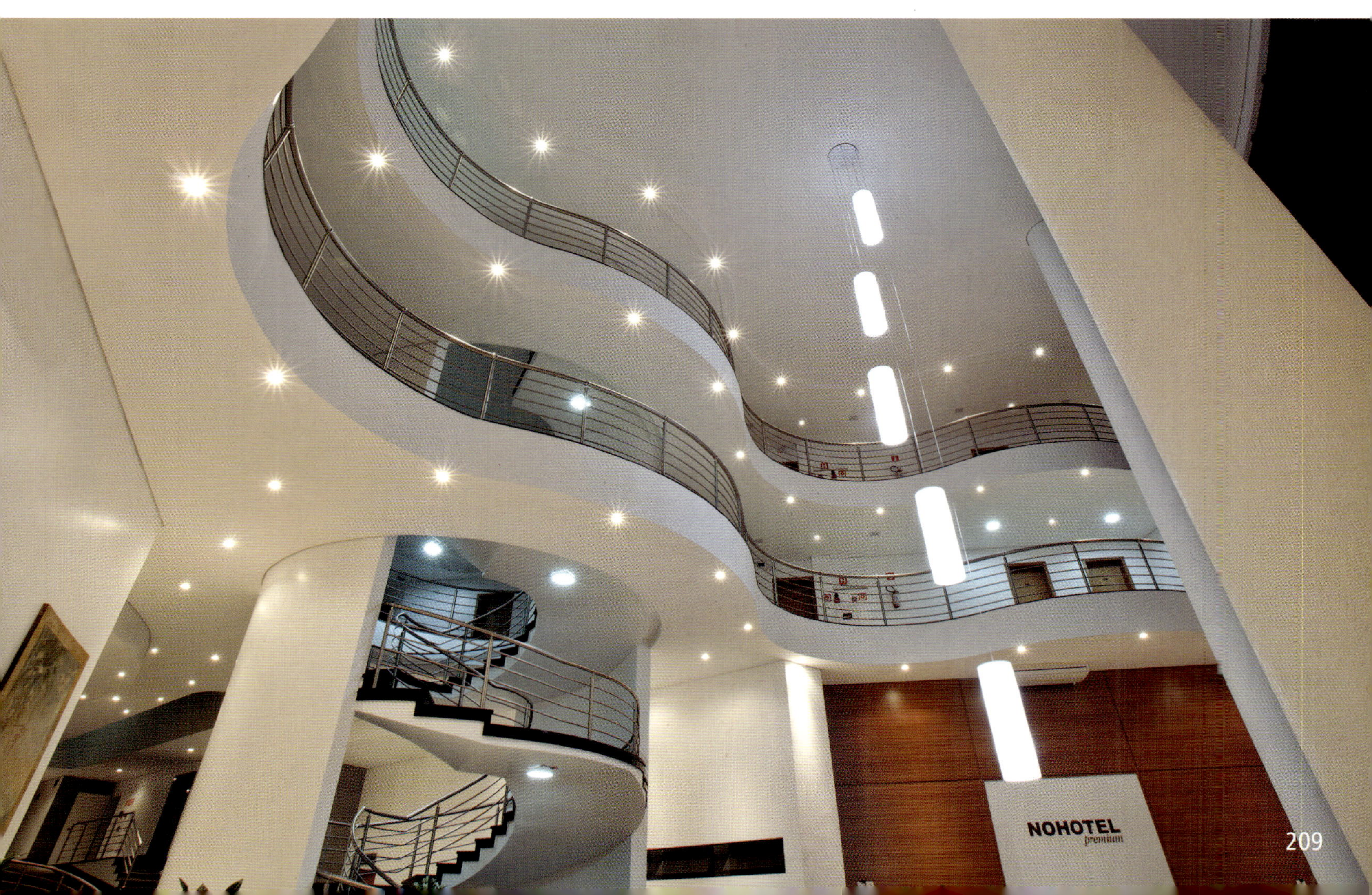
NOHOTEL
premium

NOHOTEL

NOHOTEL

Escritório Belém Oil

A diretoria da empresa Belém Oil – que atua no ramo de distribuição de óleo e transporte para empresas químicas, têxteis e pavimentação – desejava remodelar o layout de seu escritório. Assumimos essa empreitada, e o resultado final foi o conjunto bem-sucedido de funcionalidade, linhas curvas, formas orgânicas e estilo contemporâneo.

A empresa, que tem dimensões compactas, recebeu elementos que deixaram o espaço com uma maior sensação de amplitude e bem-estar. Para isso, usamos divisórias em curvas, espelhos, portas de correr, divisórias de vidro e painéis adesivos com imagens 3-D de paisagens paradisíacas e do fundo do mar.

Inicialmente, a empresa funcionava em um grande salão, sem nenhuma divisória. Neste projeto arquitetônico, criamos: recepção, lavabo, estação de trabalho para 10 pessoas com mesas e cadeiras em forma de curva, sala da diretoria, copa, auditório e sala de reuniões.

Uma parede curva separa a recepção dos demais ambientes. No teto em gesso, foi aplicada uma imagem 3-D do céu e, no piso, uma onda azul de pastilhas que dá movimento ao local. O lavabo foi todo adesivado com imagens do fundo do mar, conferindo um ar lúdico ao espaço. Toda a decoração levou a assinatura da Iara.

As duas salas de diretoria são separadas da estação de trabalho com divisórias de vidro, oferecendo privacidade acústica e ao mesmo tempo visibilidade para acompanhar o trabalho dos subordinados. O auditório e a sala de reuniões são pequenos, mas interligados por uma porta de correr que integra e dá amplitude aos ambientes. A copa compacta contempla tudo de que os funcionários precisam para uma refeição rápida.

BELÉM OIL

BEL

Mostras de Decoração

Seguindo a linha de que as perguntas impulsionam a engrenagem do mundo, deparei-me com um questionamento importante sobre a profissão que escolhi exercer. Participar de mostras de decoração ajuda ou atrapalha o profissional?

Em alguns aspectos, as mostras podem, num primeiro momento, tumultuar o andamento diário do escritório. Para participar desses eventos, precisamos tirar um tempo para pensar no ambiente, encontrar fornecedores e mão de obra que apostem no projeto, deslocar uma equipe para execução da obra e depois realizar a manutenção permanente do espaço enquanto o evento estiver aberto ao público.

Vencidas essas pequenas dificuldades, as mostras trazem muitos benefícios para o profissional. Posso citar rapidamente alguns, como a possibilidade de expor meu trabalho em cidades como São Paulo, por exemplo, e estar no foco na mídia.

Particularmente, sou um defensor da participação das mostras. Porém, o que move meu desejo de participar é algo muito pessoal. Nas mostras, posso apresentar a essência de tudo aquilo em que acredito. Quando faço o projeto do cliente, imprimo meu estilo, mas o que vale são as necessidades e o gosto pessoal de quem me contratou. Já na mostra, não há nenhum cliente conduzindo o projeto comigo. Nessas oportunidades, posso arriscar, projetar ambientes mais ousados e mostrar o meu trabalho para o público de forma mais pura.

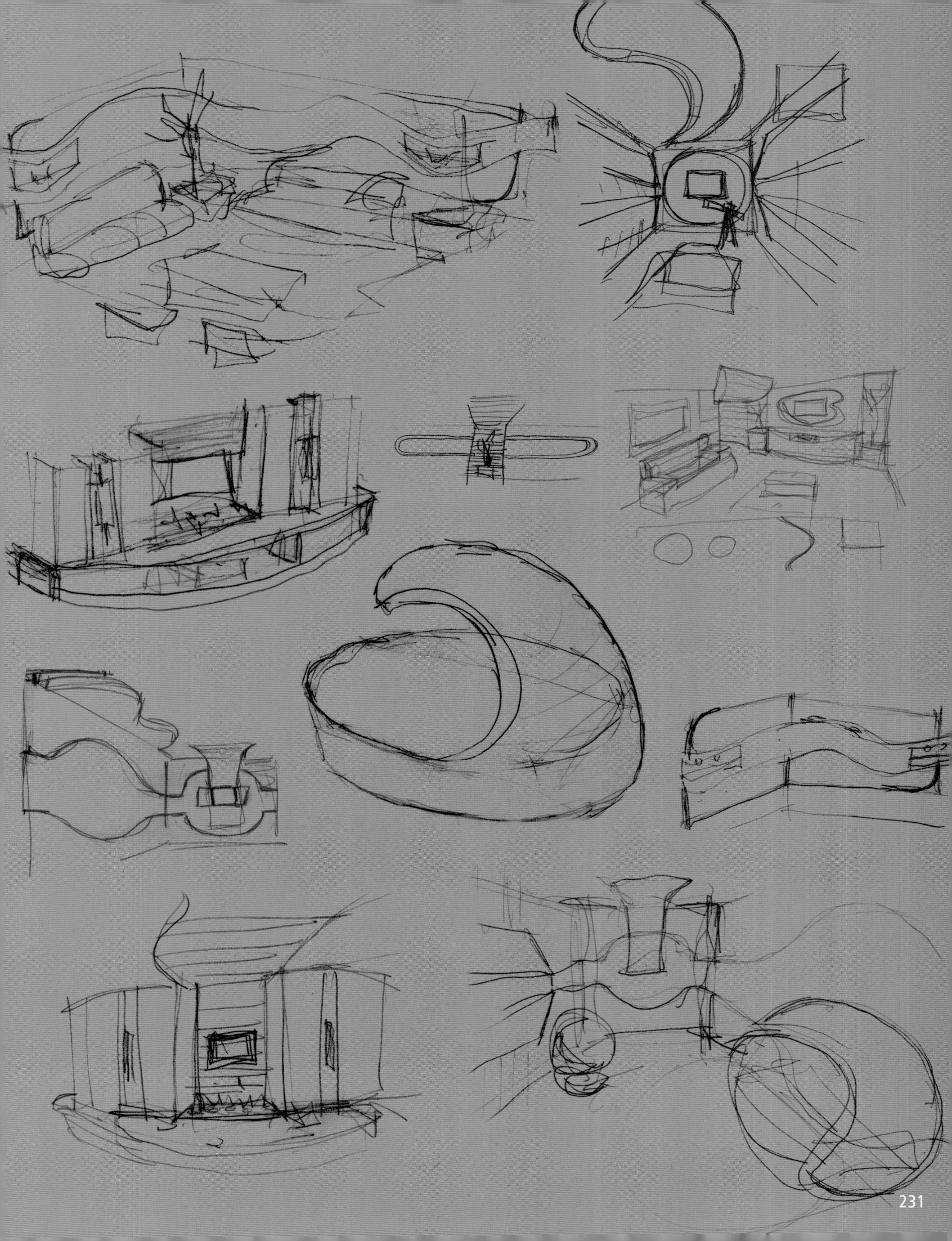

Casa Cor 2012

Uma grande bandeja flutuante e iluminada, onde copos repousam à espera de bebidas e aperitivos, foi o destaque do ambiente Home Bar, que projetei para a Casa Cor São Paulo 2012. Minha proposta foi criar um espaço adulto, inusitado, criativo e cheio de "bossa", acompanhando desta forma o tema da mostra, que era Moda, Estilo e Tecnologia.

O design da bandeja levou minha assinatura, e a peça foi projetada especialmente para o evento. Muitas vezes, as pessoas imaginam que design exclusivo e diferenciado é trabalho de profissionais estrangeiros para mostras internacionais. Na verdade, meus projetos estão repletos de exemplos como este, em que um determinado objeto é pensado para um cliente específico.

Produzida em inox e suspensa por uma haste, a peça acomodava taças coquetel, flûtes, tulipas e cálices, no centro de quatro poltronas. Abaixo dela, uma pequena mesa redonda foi colocada para servir de apoio àqueles que estivessem sentados no Home Bar.

O projeto previu ainda um grande painel de madeira e espelhos na parede frontal do espaço. Esse móvel foi projetado com dois vasos laterais embutidos para receber paisagismo, uma bancada e gavetões para armazenar bebidas, utensílios e equipamentos usados em um bar. Para conferir ainda mais requinte ao espaço, usei duas esculturas assinadas por Bia Doria, uma branca de parede e a outra vermelha, acomodada em cima de uma base espelhada.

No centro do painel, criei um desenho vazado que remete ao splash, ou seja, ao respingo de um líquido em uma superfície, trabalhando com o lúdico. Nessa parede, prateleiras foram projetadas com várias garrafas de bebida dispostas de forma decorativa. Iara assinou a ambientação do Home Bar e trabalhou com uma paleta de cores fortes, conferindo personalidade ao espaço.

Casa Cor 2011

A sustentabilidade na arquitetura é uma realidade, e todos reconhecem a importância de um projeto que colabore com a preservação do meio ambiente. Na Casa Cor São Paulo 2011, decidi colocar meu traçado a serviço desse conceito. No ambiente Sala de Estar, que assinei em conjunto com a Iara, além de utilizar materiais ecologicamente corretos, utilizei o traço arquitetônico sustentável para criar espaços confortáveis e agradáveis.

A natureza é uma fonte inesgotável de bem-estar para o homem. A partir daí, surgiu a ideia de transportá-la para dentro do projeto de uma maneira ainda mais concreta, reproduzindo-a em sua forma original, para aumentar a sensação de relaxamento em ambientes fechados. Ao adentrar o ambiente, os visitantes eram surpreendidos pela sinuosidade do curso de um rio, representada no gesso do teto da Sala. As cores utilizadas lembravam as areias de uma margem tranquila de espelho d'água.

O gesso também foi utilizado na confecção de esculturas instaladas na parede e no móvel de apoio à tela de LCD. Usamos pouquíssima madeira. O gesso foi nosso principal aliado. Ele é mais econômico e extremamente versátil. Podemos criar com esse material uma infinidade de formas e desenhos que proporcionam vida e movimento aos espaços.

Além da Sala de Estar, projetamos uma galeria de arte em uma área de corredor que percorria vários ambientes da mostra. O projeto aliou sustentabilidade e bem-estar aos avanços tecnológicos de nosso tempo. Para tanto, o ambiente foi todo automatizado. A partir de um tablet ou smartphone e com apenas um clique, era possível assistir a um filme, escutar rádio ou ver a programação da TV.

Aquiles Nicolas Kilaris

Campinas Decor 2010

Mesa e bancada com formatos e propostas inusitadas, esculturas em gesso nas paredes e traços orgânicos nos trabalhos de teto. Esse estilo tão peculiar marcou minha participação na Campinas Decor 2010. Ao lado da Iara, assinei o ambiente Sala de Jantar, que teve como principal característica o ineditismo de elementos usados no projeto.

Trouxemos para esse evento a síntese do meu trabalho, que é criar ambientes confortáveis, funcionais e ao mesmo tempo exclusivos, pois faço questão de projetar pessoalmente o design de cada peça que utilizo em meus projetos. Com isso, personalizo o espaço.

A sala foi idealizada em estilo contemporâneo e a ambientação dividida em duas partes. O bar pode ser usado como apoio para as refeições e também como espaço para bate-papo. Duas poltronas foram posicionadas em frente à bancada de bebidas instalada na parede. Os espelhos usados aumentam a sensação de amplitude. No teto, o gesso ganhou um desenho em forma de castanha-de-caju.

Na sala principal, dois grandes destaques. Primeiro, a mesa de jantar, cujo tampo de mármore é iluminado e a base formada por dois vasos naturais de yuca. Sempre trabalhei com a proposta de trazer a natureza para dentro do ambiente. Nesse caso, trouxe a natureza para dentro da peça que desenhei exclusivamente para a mostra.

O segundo destaque da sala foi o móvel de peça única que une parede e teto, estilizando uma luminária. A escultura termina com um grande volume que reflete em espelhos o tampo da mesa.

PORT

Casa Cor
Trio 2010

Em parceria com a Iara, tive a oportunidade de participar da Casa Trio 2010, em São Paulo, assinando o ambiente Jardim da Saída – Jardim do Arco-íris, na mostra Casa Cor Trio. Criamos um ambiente alegre e colorido, ao longo de uma extensa passarela construída com mosaico de pedra portuguesa, alternando faixas de linhas sinuosas nas cores vermelha e branca.

Essa passarela foi instalada na circulação principal do evento e sobre ela se sustenta o imponente arco, em alusão a um arco-íris, de 3,50 metros de altura, projetado pelo escritório. Na borda da passarela, colocamos grandes vasos azuis, com buxinhos plantados, completando o toque especial do colorido baseado nas cores primárias.

Nas laterais da passarela, a composição ficou por conta de materiais inovadores no paisagismo, como camadas em linhas sinuosas de casca de pneu – material ecologicamente correto produzido a partir de pneu reciclado e triturado –, areia azul e areia branca, provocando um belo contraste de cores e texturas, além de deixar o solo permeável. Vasos baixos com hibiscos coloridos plantados dão um toque de charme.

Criamos um diferenciado e moderno arranjo de rosas multicoloridas desidratadas, importadas da Holanda, dispostas num vaso de vidro transparente preenchido com areia azul, arranjo este que simboliza as cores do arco-íris e ornamenta o espaço.

O ambiente ainda conta com um espaço de relaxamento e contemplação, que fica por conta de uma área circular de pedra portuguesa vermelha integrada à passarela, com uma confortável poltrona ostra e um ombrelone que protege do sol.

LOJA CASACOR®

CASACOR

LOJA CASA

Retrospectiva

Curvas na Arquitetura Brasileira
Volume I

Conferindo minuciosamente as páginas deste livro durante o processo de revisão, fiquei pensando nas pessoas que não tiveram a oportunidade de conhecer o *Curvas na Arquitetura Brasileira (Volume I)*, lançado em 2010 pela editora Ciranda Cultural.

Essa primeira publicação tem um sabor todo especial, pois faz uma síntese da minha trajetória. Diferentemente do Volume II – no qual os projetos foram executados em um espaço de tempo mais curto –, o primeiro livro abrange uma coletânea completa do meu estilo ao longo de duas décadas de trabalho.

A repercussão do primeiro material editado foi tão positiva que, no momento em que escrevo estas linhas, ele está esgotado nas livrarias e nos sites de venda. Por esse motivo, ele ganhará em breve uma 2ª edição. Sendo assim, considerei importante selecionar fotos destes projetos nas páginas seguintes.

O interesse das pessoas pelo trabalho que desenvolvo me deixa feliz e motivado em manter vivo o projeto de novas publicações. O apoio que recebo, tanto dos clientes como daqueles que manifestam seu carinho em meu site e nas redes sociais, é o combustível vital para continuar cumprindo a missão que escolhi. De minha parte, não pouparei esforços para proporcionar novos "passeios arquitetônicos" pelo fascinante mundo das curvas sinuosas.

Casa Imperador

Casa Home Resort

O Campo na Cidade

Casa Barão do Café

O Jeito Loft de Morar

Casa Swiss Park

Casa Santa Mônica

Casa Integrada

Casa Iate Clube

Dream House

Casa Altos da Represa

Curvas no Campo

Curvas na Cidade

Casa Guaeca

Medes Advocacia

Folhamatic

Day Hospital

Portaria Goodyear do Brasil

Campo de provas e pista de testes Goodyear do Brasil

Tecelagem Panamericana

Edifício Corporativo

Churrascaria Rio Grandense

Edifício Corporativo

Supermercado São Vicente

Clínica de Neurologia

XT Internacional

Campinas Decor 2005

Campinas Decor 2006

Campinas Decor 200

Casa Cor Interior 2008

Campinas Decor 2008

Casa Office 2008

Campinas Decor 2009

Casa Cor São Paulo 2009

Embalando o Bebê nas Estrelas

Créditos

Direção	Donaldo Walter Buchweitz
Direção | Coordenação do Projeto	Clécia Aragão Buchweitz
Projeto Gráfico | Diagramação	Mariana Panhosi Marsaro
Texto	Luciana Camargo
Fotos	Amaury Simões, Aquiles Nícolas Kílaris, Azael Bild, Erich Sacco, Felipe Bignotto, Iara Kílaris, João Ribeiro, JR. Gandara e Leandro Farchi

Agradecimentos

Era um sábado de trabalho como outro qualquer. Correria no escritório, entrega de projetos e agendamentos com novos clientes. Nessa época, eu já alimentava o sonho de publicar um livro contendo uma coletânea do meu trabalho. Na busca por patrocínio e até incentivos fiscais com a Lei Rouanet, procurava formas para viabilizar a publicação.

Na sala ao lado, Iara recebia pela primeira vez um casal de São Paulo que desejava construir uma casa em condomínio fechado. A empatia entre os novos clientes e o nosso trabalho foi imediata, tanto é que nesse dia assumimos o projeto da residência.

No final da reunião, entre uma conversa e outra regada com cafezinho, água e chocolates, tivemos uma grata surpresa. Coincidentemente, os dois eram diretores de uma grande editora. Quando souberam da minha intenção em lançar um livro de arquitetura, eles se interessaram pelo assunto.

Parceria fechada! Trabalho, dedicação e ousadia foram recompensados pela "mão do destino" que cruzou nossos caminhos, possibilitando a publicação dos livros *Curvas na Arquitetura Brasileira* e *Curvas na Arquitetura Brasileira – Volume II.*

A vocês, Donaldo e Clécia, meus sinceros agradecimentos pela confiança e principalmente por ajudarem a difundir a arquitetura diferenciada das curvas que movem toda a minha vida.

Aquiles Nícolas Kílaris